格林童話

格林兄弟◎著
李毓昭◎譯
亞瑟 · 拉克姆、保羅 · 海伊 等◎繪

晨星出版

認識格林兄弟

從前，在德國有一對感情非常好的兄弟，哥哥叫雅各，弟弟叫威廉，年齡只相差一歲。不幸地，在雅各還未滿十二歲那年，原本當官的父親就過世了，母親獨自辛苦地養育八個小孩長大……。格林兄弟早年的經歷，聽起來確實很像童話故事。但幸運的是，他們的母親沒有像在「韓塞爾和葛蕾特」的故事中那樣遺棄他們，並且還有一位有錢的親戚，像仙女一樣幫助他們，讓這對很有才華的兄弟有機會到鄰近的城市卡塞爾上學。

十七歲的時候兩個人到馬堡大學修法律。後來兄弟兩人開始各自的工作，做了圖書館管理員，也當了教授，但由於共同的興趣，所以一直都在一起從事研究及寫作。威廉三十九歲結婚，但雅各卻終其一生單身，他在威廉婚後仍然跟他們一家人生活在一起。雅各七十五歲那年，在一篇文章中描寫兄弟倆曾共同經歷的生活：

在念中學那段漫長的歲月裡，我們兄弟倆住同一間房，睡同一張床，一起在同一張書桌上念書。上大學的時候，我們的房間裡還是放著兩張床，兩張書桌。在往後的生活裡，仍然還是這個形式一間房間、兩張書桌。直到後來，才變成分房睡，各用各自的書桌。儘管如此，我們還是住在同一個屋簷下。況且長久以來，我們一直都共用所有的書籍以及其他的財產，我們兩個從未想過要放棄這樣和睦的生活。

雅各在寫這篇文章的前一年，弟弟就過世了，他自己也在弟弟過逝的三年後，享年七十八歲離開了人間。

格林兄弟的一生，聽來似乎過得很平穩，可是他們生長的時代卻非常動盪不安。一七八九年，也就是雅各四歲的時候，法國大革命震撼了整個歐洲，而在雅各二十一歲的那一年，由許多保守又腐敗的小諸侯國所組成的德意志神聖羅馬帝國在拿破崙的威脅下宣布結束。德國南部的幾個諸侯國和法國結盟，最後連德國境內最強的普魯士也被拿破崙打敗，使得整個德國在外來政權的侵略下興起一股強烈的德意志民族主義。有一位德國詩人在他的詩裡提起：「德意志人的祖國在哪裡？」而他的答案是：只要是有人講德語的地方，都是屬於德意志人的。也就是說，儘管德國人當時未握有政權，但是他們都認同彼此所共有的語言和文化。

格林兄弟就是在這樣的背景之下，開始他們文化尋根的工作。因為他們深信，語言是造成一個民族形成及團結的最重要因素。正因如此，他們把中古時期的日耳曼語文學當作自己的研究重點，並陸續出版許多失傳已久的古德文作品，並加以編輯和翻譯。他們也編纂了一本非常厚實，號稱世上第一本的《德語文法》書，之後又開始編寫一部每一個德國語文學家至今都必備的《德語字典》（完成於一九六〇年，共有十六冊）。

此外，格林兄弟還有許多重要的著作，例如：《德意志傳說》、《德意志神話》、《德國語言史》、《德國法律史》等，而且他們的研究方法比前人更為仔細與嚴謹，很著重考證。因此，現代德國語文學的基礎可說是由格林兄弟所奠定的。

再繼續回顧當時的政局，德國於一八一三年從拿破崙的統治解放出來之後，由於保守勢力處於優勢，所以包括格林兄弟在內的知識份子，所希望自由的、統一的德國再度落空。他們因此受到了打壓。格林兄弟因為抗議漢諾威國王的違憲行為，自己也成了被害人，他們失去了在哥廷根大學的教職，最後還被驅逐。

直到一八四八年的暴動之後，知識份子的訴求才終究部分被實現。雅各·格林也在有史以來的第一次「德國國民會議」中，參與了非常重要的制憲工作。他的提案儘管在當時未被採納，卻很值得在此一提：「德意志民族是自由者的民族，在德意志的土地上，任何的奴役都不能被容忍。」

格林兄弟的視野並不只限於德國，他們非常具有國際觀，不僅走遍整個歐洲，還結識了各地的文人學者，也學過很多種語言，這使得他們有翻譯古西班牙文、蘇格蘭文、俄文等作品的能力。而且，他們還透過與各地好友的交流，促進了其他歐洲國家的語文學研究。雅各於一八五三年寫道：「學術是不承認任何國界的。它的目標反而是要跨越民族與民族之間的差異，並加強各民族之間的團結……」

格林童話的誕生

格林兄弟在念大學的時候，透過他們的教授認識了著名的浪漫派文人布倫塔諾（Clemens Brentano）。浪漫主義重視非理性的想像，對中古時期的懷念，對大自然、純樸平民、小孩子等的推崇以及對神秘、超現實層面的嚮往，也都是當時的潮流。

所以浪漫時期的文人對民間的歌謠、神話、童話等有興趣，也是很自然的。布倫塔諾那時正要出版一本民謠集，剛好還需要人幫他採風，同時還因為計畫中的一本書，就順道委託他們兩兄弟幫他採集民間的童話故事。儘管後來布倫塔諾放棄了他的計畫，但是格林兄弟卻在這個因緣際會之下，不但接觸到浪漫派的思想與精神，並且還有機會學習蒐集和編輯的實質工作，結果在一八一二年順利的完成了他們自己的童話故事集。

至於他們的蒐集工作，一般都會想像他們走遍窮鄉僻壤去採訪老農婦、漁夫等，把從他們口中聽到的故事逐字逐句的記載下來。但是，事實並非如此。他們一開始主要的採訪對象，是市民中的中產階級、受過教育，而且口才良好的年輕婦女。他們還參照不少中古時期的文獻資料，才找到後來那幾位比較符合像「說故事老奶奶」的人，願意為他們口述這些故事。其中最重要的是一位五十幾歲、住在的鄉下的杜魯蒂亞・菲曼（Dorothea Viehmann）老夫人。

至於編輯方面，雖然並不完全像他們在序中所寫的，只是收錄了「純粹」的童話而未改編任何地方，但若與當時同樣是編輯這類書籍的人比起來，他們確實是相當忠於原始資料——主題、人物、情節等基本架構都沒有改變，只是在結構與風格上，把蒐集到的題材塑造成他們想像中的理想民間童話。

在一八一二年首次出版的《兒童與家庭童話集》的序中，格林兄弟用比喻的方式，非常生動地說明了他們蒐集這些故事時的動機與心情：

在暴風雨或其他的天災過後，田地中的整片莊稼全部都被打倒在地的時候，我們卻經常會發現，在小徑那裡，小樹叢旁邊的一小塊地上，還剩幾根完整無缺的麥子沒有被吹倒。如果之後還有足夠的陽光，這幾根沒有人注意的麥子就會繼續成長，不怕有鐮刀急忙地把它們割下放進穀倉。但到了夏末，當滿滿的麥穗成熟時，就會有一雙貧窮且虔誠的手來尋找它們，把這一根根的麥子謹慎的捆綁起來帶回家，它們比那一捆捆的麥子更珍貴，因為它們是整個冬天裡唯一的糧食，甚至可能是將來唯一可以播種的種子。

格林兄弟認為，童話是屬於整個民族的共同創作，而在年代那麼混亂的德國，這些重要的文化資產卻因長期被忽略，導致快要失傳，所以必須把它保存下來，這樣才能發揚民族的精神並有助於德國的團結。

格林兄弟所編的童話故事集，既不是歐洲的第一本童話書，也不是德國最早的一本，但是他們的書卻成為至今印刷量最多、流傳最廣（超過一百六十種語言譯本）的德文書籍，可見當時格林兄弟的願望確實是實現了：他們當初所播種的種子，已經長得非常茂盛了。

林素蘭簡介

一九六七年生於瑞士，畢業於蘇黎世大學漢學與德語文學研究所，目前在臺灣任教，譯有「當石頭還是鳥的時候」、「收集念頭的人」、「巫婆媽媽系列」等兒童書。

目錄
Contents

01

青蛙王子

THE FROG-PRINCE

很久很久以前，人心中的願望都能成爲現實。那時有一個國王，每個女兒都長得美如天仙，尤其是最小的公主，美得令人驚嘆。

有一天，這個公主和平常一樣在森林的水潭邊玩球，結果球滾到了水潭裡，公主撿不回來，只能嚎啕大哭。

「公主，怎麼了？」有個聲音說。

公主看了看四周，發現有隻青蛙從水裡露出臉來。

「我哭是因爲金球掉到水潭裡去了。」

青蛙就問她：「如果我幫公主把球撿回來，公主會給我什麼？」

「青蛙，你要什麼我都給你。」公主回答道。

「那就請公主當我的朋友，讓我和妳在同一張桌子上、用妳的金盤子吃飯、用妳的杯子喝水、在妳的床上睡覺。」

公主迫不及待地答應了。青蛙就跳進水裡，過沒多久就從水裡把金球撿回來了。

當球又落回草地上，公主一撿起球就馬上往城堡的方向跑，完全沒聽到青蛙在後面叫。

第二天，公主和國王在吃飯時，門口有人敲門，還傳來聲音說：

「國王最小的女兒，請開門。」

公主去開門，發現是那隻青蛙後，碰一聲就把門關上，走回了飯桌，顯得十分不安。

國王看女兒好像有煩惱，就問她原因。公主便把昨天發生的事都講給國王聽。這時又傳來敲門聲，而且有很大的聲音說：「國王最小的女兒，請開門。妳應該還記得，昨天在清涼的水潭邊說的話吧？請開開門。」

國王聽到就說：「既然妳答應了青蛙，就一定要履行對牠的承諾。去幫牠開門讓牠進來吧。」

青蛙就這樣進入城堡、和公主一樣坐在餐桌邊，用金盤子津津有

味地吃起飯來。

青蛙吃飽飯之後，說要在公主的床上和她一起睡覺。

公主哭了起來。國王生氣地對她說：「不可以瞧不起幫過妳的人。」

公主不得已，只好拎起青蛙，帶牠到二樓，把牠放在房間的角落。公主一在床上躺下，青蛙就說：「好累啊！我和公主一樣睏。請把我放在床上，不然我就要告訴妳的父親。」

公主一肚子的氣終於爆發，把青蛙抓起來扔到牆上。可是青蛙掉下來時，竟然變成了有一雙美麗眼睛的王子。

國王看到王子後很中意他，就讓他成爲公主的結婚對象。

王子於是話說從頭，原來他中了壞女巫的法術，除了公主，沒有人可以將他從水潭中救出。明天，王子就要帶公主回到他的國家。

隔日清晨，八匹白馬拉的馬車來到了城堡。馬後面坐著王子的隨從，也就是忠臣亨利。

王子變成青蛙時，亨利因爲太過悲傷，爲了避免胸膛破裂，請人在他的胸口四周嵌了三條鐵箍。

王子獲救的事讓亨利高興極了。在馬車開動之後，王子的後方傳來東西摔破的聲音。

王子轉頭說：「亨利，馬車壞掉了嗎？」

「王子，不是馬車，而是我胸部上的鐵箍爆開了。」

接著又傳來第二次、第三次破裂聲，王子每次都以爲馬車壞掉了。然而那是因爲王子得救，亨利太高興了，胸部的鐵箍才會接連爆開。

02

什麼都不怕的王子

THE KING'S SON WHO FEARED NOTHING

從前從前有一個王子，不想在父王的宮殿過著安逸的生活，就離開宮殿，走入廣大的世界。他日夜不停地趕路，經過巨人的家，看到庭院裡有保齡球瓶和球，就不禁玩了起來。

巨人聽到吵雜聲，跑出來說：「臭小子，幹嘛玩我的保齡球瓶？你哪來那麼大的力氣？」

王子回頂他：「不是只有你有

力氣而已。」

巨人因爲自己的新娘想要生命樹的果實，他自己又採不到，就慫恿王子去幫他採。生命樹的果實四周有鐵欄杆包圍，欄杆前面還有野獸看守。就算可以靠近果子，果子前面還有一個環，手要伸進環裡面才採得到。

王子接受挑戰後出發，穿過了原野、越過了高山，終於來到奇妙

的庭園。看守的獅子在睡覺，所以王子不費半點工夫就來到生命樹的旁邊。他伸手穿過那個環，要摘取果實的瞬間，環扣住了他的手腕，環附著的魔力使王子變得更有力氣。他要回去時，原本在睡覺的獅子也在後面跟著。

王子把生命樹的果實交給巨人，巨人立刻拿去給新娘。可是他的手腕沒有套著環，新娘不肯相信那是巨人採的。巨人要王子把環給他，王子不願意，巨人就用詭計騙了王子，挖出他的眼睛，還想把瞎了的王子推下懸崖，以便取下那個手環，可是每次都有獅子在一旁阻止，巨人沒有得逞，反而被獅子推下去。

忠心的獅子把王子帶到小河邊，把水潑到王子的臉上，王子就稍

微能看得見了。後來又有一隻小鳥叫他用河水洗臉，王子的視力才完全恢復。王子對神表達謝意後，帶著獅子繼續旅程。

他來到了一座城堡，看到一個女孩從裡面走下來。女孩雖然長得很美，整個人卻黑濛濛的。原來她中了魔法，並希望王子能夠拯救她。

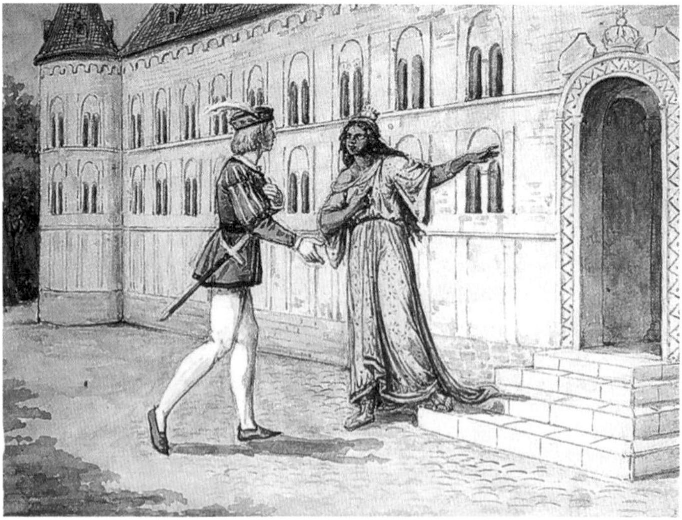

女孩說，只要他能夠在城堡裡毫不畏懼地忍受三天痛苦，就能解除她身上的魔法。王子什麼都不怕，就答應借用神的力量試試看。

第一天晚上，王子熬過了惡魔的攻擊，隔天早上女孩帶來了生命水，塗在王子的傷口上。傷口立刻就癒合了，女孩的雙腳也同時變白了。

第二天晚上，王子又撐過了惡魔的攻擊。隔天早上，女孩又用生命水爲王子療傷。今天，女孩連指尖都變白了。

最後的晚上，王子受到最殘暴的惡魔攻擊，倒在地上不省人事。隔天早上女孩走進來，把生命之水灑在他身上。沒多久，王子醒過來，恢復了精神，看到旁邊有個肌膚白皙如雪的美女。

「站起來，在樓梯上揮三下劍，魔法就會解除。」

王子照做後，城堡就擺脫詛咒回復了生機。原來女孩是一個富裕國家的公主。當天就擺設了喜宴，在歡樂的氣氛中舉行了婚禮。

03

女王蜂

THE QUEEN BEE

有兩個王子一起出門去旅行冒險，因爲用錢不節制，連生活都有困難，所以一直沒有回家。被大家稱爲阿呆的小王子決定去找哥哥們，好不容易找到了，哥哥們卻一點都不把他看在眼裡。

後來三兄弟繼續旅行，半途看到了一個螞蟻塚。兩個哥哥想要把螞蟻塚挖起來，但是被小王子制止了。

接著他們繼續往前走，來到一座湖邊，湖裡有許多鴨子在游泳。兩個哥哥想要把鴨子殺來當晚餐，再次被小王子制止了。

接著三個人看到一個蜂巢，巢裡面積滿了蜂蜜。兩個哥哥想要升火讓蜜蜂窒息，再採蜂蜜來吃，小王子又一次制止了他們。

後來三個人來到了一座城堡。進去以後就看到一道門，從門上的窗戶往內窺探，發現有一些小矮人在裡頭。小矮人請三兄弟吃了飯，然後帶他們到各自的房間休息。

第二天，在小矮人的帶領下，三兄弟來到有一塊石板的地方。石板上寫著三件任務，只要能夠完成任務，這座城堡就能從魔法的控制中解脫。第一個任務是找出一千顆被女王藏在青苔裡的珍珠。在日落前只要短少一顆沒找齊，去找的人就會變成石頭。

最年長的王子出去尋找珍珠，最後只搜集到一百顆，眞的被變成了石頭。

隔天第二個王子只搜集到兩百顆，也變成了石頭。

第三個王子本來覺得任務很難達成，正傷心地掉眼淚的時候，之前被他解救過的螞蟻帶來五千隻夥伴，爲他搜集所有的珍珠。

第二個任務是從湖裡面取來女王房間的鑰匙。第三個王子去到湖邊時，他之前解救過的鴨子就游了過來，爲他從湖裡啣來了鑰匙。

第三個任務最困難，就是從已入睡的三名公主裡面找出年紀最小也最可愛的一個。她們有一個差別，就是最年長的會在睡前吃一點砂糖，第二個會舔一點糖漿，最小的則是會吃一點蜂蜜。

最小的王子正在傷腦筋時，之前被他解救過的女王蜂飛過來，停

在吃過蜂蜜的公主嘴上。這下子王子就知道她就是要找的公主了。任務完成後魔法也解除了，變成石頭的哥哥們也恢復成人的模樣。

最小的王子就這樣和最小的公主結婚了。公主的父王去逝後，這個王子就變成了國王。而那兩個哥哥也分別娶了另外兩個公主。

04

小紅帽

LITTLE RED-CAP

在很久很久以前，有一個可愛的小女孩，因爲奶奶送給她一頂紅絲絨做的帽子，小女孩十分愛戴這頂帽子，所以大家都叫她「小紅帽」。

有一天，小紅帽的母親對她說：「小紅帽，妳幫我把蛋糕和葡萄酒送去給奶奶。奶奶生病了，這些東西對她的身體有好處。趁著天氣轉熱之前，快點去吧。不可以隨便離開大路喔。」

奶奶家在森林裡頭。小紅帽一走進森林，就遇到了大野狼。小紅帽並不認識大野狼。

「妳好啊，小紅帽。妳要去哪裡？」大野狼問。

「我要去看奶奶。」

「妳提籃裡面裝了什麼東西啊?」

「蛋糕和葡萄酒,因爲奶奶病了,吃這些對她有幫助。」

「奶奶住在哪裡?」

「森林裡頭有三棵柏樹的地方。」

大野狼想要把幼嫩的小紅帽和小紅帽的奶奶都吃下去,就說:「花開得那麼美麗,小鳥唱著那麼好聽的歌,妳怎麼不多走走,看看四周的風景再前進呢?」

小紅帽聽了,心想反正還有時間,不如做個花環給奶奶當禮物,就離開大路,進到森林裡。

而大野狼則是直接去奶奶家敲門了。

「是誰？」裡面的聲音問。

「我是小紅帽，帶蛋糕和葡萄酒來了。請開門。」

「好，妳先把門把扭開。」

大野狼一進來，就把奶奶吞進肚子裡，然後穿上奶奶的衣服，戴上奶奶的睡帽，在床上躺下來。

小紅帽摘了許多花，摘到再也拿不動時，才想起奶奶，重新出發去奶奶家。她來到奶奶家，看到門開著，屋裡的情形和以前不太一樣，覺得很奇怪，就大聲說：「早安。」

沒有人回答。小紅帽拉開床鋪的簾子，看到奶奶在睡覺，睡帽戴得很低。

「哎，奶奶，妳的耳朵怎麼這麼大！」

「這樣子才能聽清楚妳說的話。」

「哎，奶奶，妳的眼睛好大！」

「這樣子才能把妳看仔細。」

「哎，奶奶，妳的手怎麼這麼大！」

「這樣子才可以把妳捉起來。」

「可是奶奶，妳的嘴巴也好大呀！」

「這樣子才能把妳吃下去。」

話還沒有說完，大野狼就跳下床，把小紅帽吃進肚子裡，然後又上床睡覺。

這時剛好有獵人從門口經過，聽見屋裡傳來很大的鼾聲，就進去裡面瞧一瞧。來到床前，就看到大野狼躺在上面。獵人本來想立刻開槍解決牠，但是又想到奶奶可能被牠吃進去了，就趁著大野狼熟睡時，用剪刀剖開牠的肚子。才剪了兩、三下，就看到紅色的帽子。再繼續剪，裡面跑出一個女孩子說：「啊，好可怕啊，大野狼的肚子裡黑漆漆的。」

接著，奶奶也從狼肚子裡面被救出來了。

小紅帽抱了幾塊大石頭過來，塞進大野狼的肚子裡。大野狼醒來後想要逃跑，卻因爲肚子裡的石頭太重了，直接跌到地上摔死了。

獵人剝下大野狼的毛皮就走了。奶奶吃完小紅帽帶來的蛋糕，喝了葡萄酒，精神就好多了。

小紅帽在心裡面想著，以後要聽媽媽說的話，再也不隨便離開大路進入森林了。

05

大野狼和七隻小羊

THE WOLF AND THE SEVEN LITTLE KIDS

從前從前，有隻老母羊生了七隻小羊，他對每一隻都疼愛有加。

有一天，母羊要去森林裡找東西吃，就集合七隻小羊說：「聽好，媽媽待會兒要去森林覓食，你們得小心大野狼，因爲牠會一下子就把你們都吃進肚子裡。那傢伙的聲音沙啞，腳是黑的，你們很簡單就能知道是牠了。」

不久之後，不知道是誰在敲門。

「開門啊！孩子們，媽媽帶禮物回來了。」那個聲音說。

可是那聲音很沙啞，一聽就知道是大野狼。小羊大聲回答：「我們不開門。你才不是媽媽呢，媽媽的聲音纖細溫柔，你的卻很沙啞。

你是大野狼。」

大野狼就去買粉筆，吃下去後有了好聽的嗓音。然後又去敲門，大聲說：「開門啊！孩子們，媽媽帶禮物回來了。」

可是大野狼把前腳搭在窗戶上，孩子們看到，就大聲說：

「我們不開門。媽媽才不會像你這樣有黑黑的腳。你是大野狼。」

大野狼就去了麵包店，跟麵包師傅說：「幫我在腳上塗麵糰。」

麵包師傅就把麵糰塗在牠的腳上。接著大野狼跑去跟賣麵粉的人說：「幫我灑些麵粉在腳上。」

「大野狼這小子八成又要去騙人了。」賣麵粉的人心裡這麼想著，就拒絕他。可是大野狼說：「你不幫我，我就把你吃掉。」賣麵粉的人很害怕，只好幫大野狼灑了麵粉，使牠的腳變得白白的。

大野狼這個壞傢伙又去敲山羊家的門。「開門啊！孩子們。媽媽回來了，我爲大家帶了來自森林的禮物。」

小羊大聲說：「給我們看你的前腳，我們才知道你是不是媽媽。」大野狼就把前腳搭在窗戶上，小羊看到牠的腳是白的，就把門打開。沒想到進來的是大野狼。

小羊嚇得趕快躲起來。第一隻藏在桌子底下，第二隻在床上，第三隻在爐子裡，第四隻跑去廚房，第五隻躲進壁櫥，第六隻在洗衣籃裡，第七隻則跳進掛鐘的箱子裡。

可是大野狼把每一隻都找了出來，很快就抓住了大家，一口接一口地丟進嘴巴。只有一隻找不到，就是年紀最小、躲在掛鐘裡的小羊。大野狼吃飽後，就躺在草原上睡著了。

不久，母羊從森林回來，看到家裡的桌子、椅子、長椅都翻倒了，洗衣籃裂開，棉被和枕頭也從床上掉下來，急忙到處尋找小羊，卻一直都找不到。直到叫到了最小的小羊，才傳來細小的聲音說：

「媽媽，我躲在掛鐘的箱子裡。」

這孩子告訴媽媽，大野狼把其他小羊都吃掉了。

母羊難過得不得了。他和唯一的小羊出去找大野狼，來到草原上，看到牠在樹邊打鼾，鼓脹的肚子還在微微蠕動。

「被大野狼當晚餐吃掉的孩子也許還活著。」

母羊叫小羊回家拿剪刀和針線，然後剪開那醜傢伙的肚子。才剪了一點點，就露出小羊的頭，再剪下去，六隻都跑出來了。

母羊說：「去拿石頭來。趁這個愛做壞事的野獸還在睡覺，把牠的肚子塞滿。」

七隻小羊就儘可能拖了很多石頭來，塞進大野狼的肚子裡。母羊連忙用針線把牠的肚子縫起來。

大野狼醒過來時，因爲胃裡面都是石頭，覺得喉嚨很乾，很想去泉水邊喝水。可是牠一走路，肚子就動來動去，石頭互相碰撞，發出空隆空隆的聲音。大野狼大聲說：「怎麼肚子一直在空隆、卡啦響著，照理說裡面有六隻小羊，可該不會都是石頭吧？」

牠來到泉水邊，彎下身要喝水，石頭的重量就把牠往下拖，牠就這樣掉到水裡溺死了。

小羊們看到這個情形，跑過來大叫：「大野狼死了！大野狼死了！」然後和媽媽興奮得圍著泉水跳起舞來。

06

月亮

THE MOON

從前從前有一個國家，晚上總是黑漆漆的，無垠的天空就像一大片黑布。從來都沒有月亮升上來，也沒有星星在閃爍。

有一天，四名青年離開了這個國家，想要去另一個國家增廣見聞。那個國家每到晚上，太陽一旦消失在山巒後面，就會有明亮的球體在柏樹梢出現，放出柔和的光線。雖然不會像太陽那麼明亮，可是光線照到的地方都還是可以看得很清楚。年輕人向經過的農夫請教，那是什麼光呢？

農夫回答：「那是月亮。村長用三枚金幣買來的，裝在柏樹上。每天給它倒上油，擦得很乾淨，就會一直發光。可是就因爲這樣，我們每星期都要付給他一枚金幣。」

農夫離開後，一名年輕人說：「我們也可以使用這種燈。故鄉也有柏樹，裝上去就好了。以後晚上就可以不必在黑暗中摸索找路，多令人高興啊。」

另一個人說：「對，就把它帶回去。這裡的人大不了再買一個就好了。」

第三個人說：「我去試試看，把月亮拿下來。」

第四個人就去把馬車拉了過來。他們先把月亮解下，然後在上面蓋上布，以免引人注意。

四個人順利把月亮運到自己的國家，裝在柏樹的頂端。

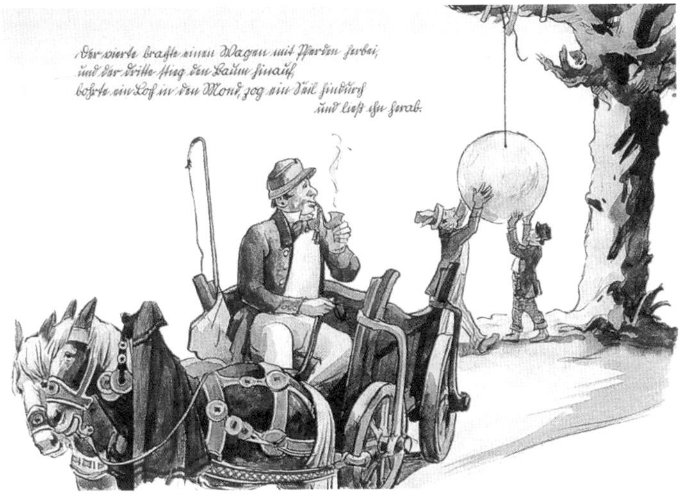
Der vierte brachte einen Wagen mit Pferden herbei,
und der dritte stieg den Baum hinauf,
bohrte ein Loch in den Mond, zog ein Seil hindurch
und ließ ihn herab.

und die kleinen Wichtelmänner
tanzten in ihren roten Röckchen
auf den Wiesen den Ringeltanz.

新的燈照亮了整片草原，每一戶人家都有了光線，老人和年輕人都十分高興。小矮人從岩洞走出來，其他種族的小矮人也穿著紅色的上衣，在牧草地上圍成圈跳舞。

四個人負責爲月亮加油、剪短燈芯。每星期都從村民那裡收取一枚金幣。

可是後來這四個人都變成了老人。後來有一個人快死的時候說，月亮有四分之一屬於他，希望能一起埋進墳墓。村長就在這個人死後，把月亮的四分之一剪下來，放進他的棺木。月亮的光雖然變弱了，但是並不嚴重。

第二個人死去時，又剪下四分之一。月光變得更弱了。

第三個人死去時，光線變得更加微弱。第四個人一死，夜晚就變得和以前一樣黑暗。在沒有燈的情況下，人們在晚上出門都會撞到彼此的頭。

月亮到了地下之後，冥界就變亮了，死者紛紛醒過來吵鬧。吵鬧聲傳入看守天國的聖彼得耳裡，以爲冥界發生暴動了，就召集天國的軍隊，但軍隊卻一直不來，聖彼得就親自下到冥界查看。

了解情況之後，聖彼得安撫了死者，要他們都回到墓裡面，然後把月亮帶走，把它掛在了天空上。

07

七隻烏鴉

THE SEVEN RAVENS

從前有戶人家養了七個小孩，但他們從以前就很想要有個女孩，好不容易母親生下了一個女孩，卻長得非常嬌小。父親認爲必須快點讓她受洗，就派七個男孩趕快去取水。

七個男孩子走到泉水邊，想要去取洗禮用的水，卻不小心把水瓶掉到泉水裡。孩子們都不知道怎麼辦，也不敢就這樣回家。

父親這邊一直等不到小孩回來，就去到泉水邊，了解情況後氣得脫口大罵：「你們都給我變成烏鴉好了。」

話還沒有說完，就突然有七隻漆黑的烏鴉搧著翅膀飛走了。父親發現氣話變成現實十分後悔，也來不及了，只好專心撫養剛出生的女兒。這個女兒長大後變得非常美麗。

女孩並不知道她有七個哥哥，卻在有一天，不曉得從哪裡得知七個哥哥的事情。父母只好把這個秘密說給她聽。女孩聽了之後，覺得無論如何也要想辦法救哥哥們，讓他們恢復人的模樣，就悄悄離家，身上只帶著父母的小戒指、一塊麵包、一個水瓶和一把小椅子。

女孩一直走一直走，走到世界的終端，看到太陽在吃小孩，就趕快逃到月亮上。但月亮上不僅寒冷，氣氛也很可怕。

一聞到小孩的氣味，月亮就說：「有人肉的味道，好臭。」

女孩聽到之後，就慌忙地跑到星星那裡。星星們都很親切，跟她說，她的哥哥們都在玻璃山上，同時給她一根可以用來打開玻璃山的雛鳥小腳。

女孩小心地把小腳包在布裡面，來到玻璃山上。可是把布攤開時，卻發現裡面是空的。善良的女孩只好拿出小刀，切下自己纖細的小指，把它插進鑰匙孔裡，將門打開。進到裡面時，有個小矮人問她：「妳在找什麼？」

女孩回答：「我在找哥哥，他們是七隻烏鴉。」

「烏鴉都不在，如果妳要等他們，可以進去裡面。」小矮人說。

後來小矮人把烏鴉的食物拿過來，分別放在七個小盤子和七個杯

Arthur Rackham. 1900 – 1909

子裡。女孩從每個小盤子撕下一點麵包吃下去，再從每一個杯子喝一小口，然後再把戒指放在最後的杯子裡。忽然之間，從空中傳來烏鴉搧翅和啼叫的聲音。

烏鴉們飛進來，開始吃東西。不久就聽到牠們說：

「是誰吃了我盤子上的東西？」

「是誰喝了我杯裡的東西？」

第七隻烏鴉喝完杯裡的東西時，裡面的戒指掉了出來。那是父母的戒指。

「真希望是妹妹來了，那樣子我們就得救了。」一隻烏鴉說。

妹妹聽到這句話，立刻從門後走了出來。烏鴉們就在那一剎那變回人的模樣。他們興奮得彼此擁抱，一同回到故鄉。

08

小兄妹

BROTHER AND SISTER

從前有對小兄妹，因爲受到繼母殘酷的虐待，想要逃到很遠的地方。他們在草原和田野裡走了一整天，來到森林深處，終於累得在樹洞裡睡著了。第二天醒來時，太陽已經高掛在天上了。

哥哥覺得喉嚨很乾，就帶妹妹去喝山泉水。可是繼母會施法術，知道兩兄妹逃跑了，就對整座森林的泉水施法。

水聲警告妹妹說，喝下這裡的水就會變成老虎。

妹妹於是對哥哥說：「哥哥，請不要喝這裡的水，因爲你喝了以後會變成可怕的野獸攻擊我！」

哥哥就忍著口渴，走到另一處泉水邊。可是他在這裡又聽到妹妹的警告，還是沒有喝。

到了第三個泉水邊，妹妹聽到的泉水聲是：「喝了這裡的水，就會變成鹿。」

可是哥哥已經彎下身去喝泉水了。嘴角還在滴水，哥哥就變成了一隻小鹿。他們坐下來哭了一會兒，妹妹就給鹿套上她的金襪帶，牽著牠在森林走，看到一間小屋，就開始在裡面生活。

有一天這個國家的國王來這裡打獵。哥哥聽到聲音，很想去看看情況，就單獨跑過去。回來以後，他說出「讓我進去」這句暗號，妹妹就開門讓他進去了。

第二天鹿哥哥又被打獵聲吸引而跑到外面，可是這次他回來時腳受傷了，而且有國王的手下跟蹤他。

隔天鹿又跑了出去，國王趁機帶著手下來到小屋，說出「讓我進去」這句暗號，順利進入妹妹所在的屋子裡。

國王從沒有見過那麼美麗的女子，就問她肯不肯當他的妻子。妹妹說可以，但是要帶著變成鹿的哥哥一起走。兄妹倆就這樣和國王離開了森林。

在城堡舉行熱鬧的結婚典禮後，他們和鹿一起過著快樂的日子。

可是邪惡的繼母知道小兄妹還活著後，心中充滿了嫉妒，就和親生女兒想了個詭計，在妹妹王后生下男孩以後，把她關在浴室裡悶死，然後由親生女代替王后躺在床上。

到了晚上，眞正的王后來給剛出生的男孩餵奶，國王看出她才是眞正的王后，就出聲跟她說話。王后就這樣蒙受神恩復活了，並把壞繼母和她女兒的事情告訴國王。

國王因此傳喚繼母和她的女兒到法庭來，經過法官的判決，女兒被野獸撕裂，繼母則受到火刑的懲罰。

繼母一被燒成灰燼，鹿就恢復爲哥哥的模樣。兄妹倆就這樣快樂地度過餘生。

09

霍勒老太太

MOTHER HOLLE

從前有個寡婦和兩個女兒一起生活。這兩個女兒裡面有一個又醜又懶，卻因爲是親生的，所以母親特別疼愛。所有的家事都是另一個女兒在做。

這個女孩每天都要在井邊紡紗。有一天她紡得手指都是血，想要把沾了血的線軸拿去洗，卻把線軸掉進井裡面。她去跟母親說這件事，母親氣沖沖地說：「線軸既然是妳弄掉的，就要去撿回來。」

女孩就回到井邊跳進井裡面，但卻昏倒了。回過神來時，竟然身在一片牧草地上。她走了一會兒，經過一個麵包爐，聽到裡面的麵包在叫：「我們在裡面烤很久了，再不拿出來，就要燒焦了。」

女孩就把所有的麵包都拿出來。

接著她看到一棵樹，樹上結了許多蘋果，對女孩大叫：「糟了！糟了！都已經熟了，把我們搖下來吧。」

女孩就把樹搖一搖，讓所有的蘋果都掉了下來。

再往前走，來到一間小屋子。

那裡有位有一排大板牙的老太婆，女孩正想要逃走，就聽到老太婆說：「好孩子，幫我在這裡把被子抖一抖，讓羽毛飛起來，人類的世界就會下雪。我是霍勒老太太啊！」

女孩看老太太和藹可親，就決定留在那裡工作。

過了一陣子，女孩說她想要回家，因爲地面上的家人可能開始擔心了。霍勒老太太就稱讚了她一番，送她到大門。女孩站在門下方時，門打開，接著降下黃金大雨，把女孩都埋起來了。霍勒老太太說女孩工作得很賣力，可以把黃金都帶回家，連線軸也還給她了。轉眼之間，女孩就回到地上的人類世界。她走進家門時，公雞在井邊啼叫說：「喔喔喔，我們家的黃金小姐回來了！」

女孩把之前的經歷都說給母親聽。母親聽了也希望親生的女兒能遇見同樣的好事情。

懶惰的女孩不情不願地照著媽媽的吩咐，來到井邊紡紗，然後把線軸丟進井裡，自己也跳下去。和之前的女孩一樣，她來到美麗的牧草地。走著走著，就經過一個麵包爐。裡面的麵包大聲說：「我們在裡面烤很久了，再不拿出來，就要燒焦了。」

女孩聽了說：「我才不要，因爲會弄髒手。」

她說完就走，不久就看到一棵蘋果樹。蘋果說：「糟了！糟了！都已經熟了，把我們搖下來吧。」

女孩回答：「我不該來這裡的。萬一掉在我的頭上就慘了。」

然後女孩遇見了霍勒老太太，接受她的雇用。

起初女孩很聽霍勒老太太的話，盡量把工作做好，可是第二天她就懶了起來，第三天甚至不肯下床。老太太很生氣，叫女孩回去。

女孩覺得很高興，認爲這下子有黃金可以拿了。霍勒老太太同樣把女孩帶到大門，可是女孩站在門下時，掉下來的不是黃金，而是一桶裝著瀝青的深鍋子。

「這是給妳的獎賞。」霍勒老太太說著。

女孩回到家時，井邊的公雞啼叫道：「喔喔喔，我們家的骯髒小姐回來了！」

瀝青黏在小姐的身上，一輩子都擦不掉。

10

看鵝女孩

THE GOOSE-GIRL

很久很久以前，有個上了年紀的王后，她的國王丈夫在很久之前就過世了，只有美麗的公主和她作伴。可是這個公主已經和遠國的王子訂婚，即將要帶著所有的嫁妝離開。

王后派了她的侍女與公主同行，還給公主一匹名叫法拉達的馬，再另外給侍女一匹馬。

公主臨出發時，王后割開自己的手指，在白布上滴了三滴血，交給公主，要她好好保管。兩人就這樣揮別了王后，前往遙遠的國家。

走了一會兒，公主覺得口渴，請侍女去提水。這個侍女卻說，要喝水就自己去提。王后給的血布就出聲說：「如果王后知道了這件事，心臟一定會跳出來。」

可是公主去喝水時，那塊布掉到河裡面去了。

那侍女知道公主的護身符不見了，態度又更囂張，兩人之中已經看不出誰是公主誰是侍女，甚至騎的馬匹也調換過來，就這樣來到王子所在的國家。

王子以爲新娘就是騎在駿馬上的人，就去歡迎她，公主卻被留在下面的院子裡。既然這樣，公主只好在城堡裡幫一個名叫居托亨的少年看鵝。

假冒新娘的侍女深怕騎來的法拉達說出眞相，就要求王子殺掉

Arthur Rackham 1909

牠。公主聽說了這件事，塞錢給屠夫，請他把法拉達的頭掛在陰暗的城門旁邊。因為每天都要趕鵝，經過那道門時，就可以和法拉達說話。

公主在看鵝時，坐在草原上梳她的金髮，居托亨看了就很想要拔幾根。

「風兒，請吹起來，把居托亨的帽子吹跑，讓他去追帽子。我就趁這時候把頭梳好盤起來。」

居托亨因此連一根金髮都拿不到。

後來居托亨在國王面前說，不想再和公主一起看鵝，因為那女孩會和馬頭說話，還叫風吹走他的帽子。

國王說他想要親自確認，可是公主之前已經和侍女約定好，不能說出眞相，國王就叫她對著暖爐訴說煩惱，就這樣知道了實情，叫王子改迎娶眞正的公主。

至於那個侍女，最後她被脫光衣服，塞進內側插釘的桶子裡，任由馬匹拖著遊街。

王子與眞公主此後就結婚了，生活非常美滿。

11

白雪公主

SNOW WHITE

在很久以前，有一年的冬天，外頭下著雪，王后在黑檀木窗戶邊做針線活。她邊做邊想著好想要有個小孩，結果手指被針刺到，有幾滴血落到雪地上。王后就許願說：「啊，眞希望生個肌膚像雪一樣白，臉頰像血一樣紅，眼睛像窗框一樣黑的小孩。」

不久之後，王后生下很美麗的女兒。這個肌膚像雪一樣白，臉頰像血一樣紅，眼睛像黑檀木一樣黑的女孩，被取名爲「白雪公主」。王后是這個國家最美麗的人，可是白雪公主比她還要美十萬倍。

後來王后不幸過世了。國王又娶了一名妻子當新的王后。

新的王后有天對著魔鏡問：「魔鏡，魔鏡，全天下最美麗的女人

是誰？」

魔鏡回答：「王后最美。可是白雪公主比女王美十萬倍。」

新王后希望自己是這個國家最美麗的人，聽到這句話後完全無法忍受。

有一天，國王出去打仗。新王后趁機下令備好馬車，要帶白雪公主到遙遠、陰暗的森林。

森林裡開了許多美麗的玫瑰花。新王后到了森林，就對白雪公主說：「白雪公主，下去摘玫瑰花給我。」

白雪公主一下馬車，馬車就飛快地開走了。這是新王后下的命令，因爲新王后希望白雪公主被森林裡的野獸吃掉。

白雪公主孤零零一個人，一邊哭著一邊往前走。好不容易找到一間小屋子，就已經累得走不動了。這間小屋住著七個小矮人，不過小矮人都去礦山工作了，屋裡當時沒有人。白雪公主進到裡面，看到裡面有張桌子，桌上擺了七個盤子、七把湯匙、七根叉子和刀子，還有七個杯子。再過去有七張床。

白雪公主分別從每個盤子拿一點蔬菜和麵包來吃，然後從每個杯子喝下一口水，吃飽喝飽後她覺得很疲倦，想上床睡覺。她每一張床都躺上去試，都覺得不太合適。直到最後一張，才終於覺得舒服，就這樣睡著了。

七個小矮人結束一天的工作回來時，每個人嘰哩呱啦地，詩論個沒完。

「是誰吃了我盤子上的東西？」

「是誰吃了我的麵包？」

「是誰用我的叉子吃東西？」

「是誰用我的刀子切東西？」

「是誰用我的杯子喝東西？」

然後第一個小矮人說：「是誰上了我的床？」

他們在第七張床看到白雪公主。

小矮人很喜歡她，就沒有吵醒她。

隔天早上，小矮人問白雪公主怎麼會來這裡，白雪公主就說出前一天的事。小矮人覺得她可憐，就留她一起生活，要她負責作飯。順便提醒她，當大家去礦山時，她一個人在家要小心新王后，不可以讓任何人進屋。

可是新王后還是知道了白雪公主住在七個小矮人的家裡，並沒有在森林裡死掉。就變裝賣東西的老婆婆，來到小矮人的家。

「我有小姐用的美麗帶子，可以賣給妳喔。」

白雪公主心想：「我剛好需要這種帶子，請這個老婆婆進來沒關係吧。買這東西應該很划算。」

所以就開了門，讓老婆婆進來。白雪公主買下帶子時，這老婆婆說：「哎呀，怎麼綁得這麼難看，過去那裡，我來幫妳綁好看一點。」王后就用帶子勒住白雪公主的脖子，讓她昏死在地上。

小矮人們回來時，立刻幫白雪公主鬆開了帶子，她就恢復了氣息。小矮人們提醒她，之後要更小心才行。

王后一聽說白雪公主復活了，又開始不安，再度變裝來到小矮人的家。這回她想把有毒的漂亮梳子賣給白雪公主。白雪公主很想要這把梳子，經不住誘惑就把門打開。老婆婆進來，梳了幾下她的金髮，白雪公主就中毒倒地了。

七個小矮人回來，立刻拿開白雪公主頭上的梳子，她就醒了過來。小矮人對白雪公主說，下次再遇到這種事情，千萬別再開門。

王后聽說白雪公主又復活了，這一回改扮成老農婦的模樣，帶著一顆塗了毒的蘋果。

這次白雪公主沒有開門，可是老婆婆透過窗戶把有毒的蘋果遞給她。她咬一口紅通通的漂亮蘋果，就倒在地上死了。

七個小矮人回來時看到時，已經一點辦法也沒有了，只好把白雪

公主放進玻璃棺柩中，日夜守護著白雪公主。

有一天，白雪公主的父親打完仗，經過小矮人居住的森林，看到棺柩上的名字，知道心愛的女兒死了，非常悲傷。同行的隨員中有一位王國內最厲害的醫生，國王就請他把繩子圍在房間四周念咒，白雪公主就成功醒了過來，和父親一同回家。

後來白雪公主和英俊的王子結婚了。婚禮上有一雙拖鞋著了魔，王后穿上那雙鞋之後就一直跳舞，跳到沒有氣息爲止。

12

睡美人

SLEEPING BEAUTY

在好久好久之前，有對國王和王后，兩人每天都在談著「如果有小孩就好了」，但是，他們卻一直沒有生下小孩。

有天，一條小魚跟王后預言說，她將會有個小孩。果然，不久王后眞的生下美麗的女孩子。國王非常高興，舉辦宴會慶祝。除了國王的親戚和朋友之外，也邀請了十二位女賢士。

這個國家其實有十三位賢士，卻因爲只有十二個金盤子，所以少邀請一位。

當第十一位賢士說完祝福的話，沒受到邀請的客人突然現身，預言說：「這個小孩會在十五歲時被紡錘刺死。」

第十二位賢士趕緊站出來說：「這孩子不是死了，而是會像死了一樣沈睡一百年。」前一個預言的力量因此減弱。

國王下令將國內所有叫做紡錘的東西全部燒掉。

公主正如十一名賢者的祝福，長得人見人愛，又美麗又聰明。

有一天國王和王后出門，留公主一個人在城堡。公主在城堡裡四處閒逛，來到一座舊塔。轉開插在塔門上的鑰匙，看到一個老太婆。老太婆正在用紡錘紡紗。公主就說：「你好，老奶奶。妳在這裡做什麼？」

老太婆回答說：「我在紡紗。」

公主很想用那個轉得很快的機器紡紡看紗，剛伸手碰紡錘，就如同預言所說的刺到手指，立即倒在床上。這是她沈睡的開始。

這種沈沈的睡眠影響了整座城堡。國王和王后一回來，就立刻睡著了。城堡裡面的每個人都在睡覺，連馬、狗、鴿子，甚至蒼蠅也都保持那一剎那的姿勢睡得很沈。

城堡四周逐漸長出荊棘，隨著時間的流逝變得越來越高，終於形成高牆，把城堡完全遮住。漸漸的，睡美人在荊棘叢中的城堡裡沈睡的傳說傳遍了全世界。各國的王子都想要進去那座城堡，卻都被荊棘纏住，而斷送了性命。

可是在睡美人即將從百年的睡眠中醒來的那一天，一個王子來到了荊棘城堡。他雖然聽過有許多王子爲了接近睡美人而送命的事，卻仍然不退縮，一心只想見到睡美人。他走進開滿玫瑰花的籬笆時，沒想到籬笆自然地打開，招引王子進去，突然又照原樣閤起，完全沒有荊棘把王子刺傷。

王子經過所有睡著的人、動物和物品，來到睡美人的床榻。她實在是太美麗了，王子禁不住親了她一下。在這一瞬間，睡美人睜開眼睛，溫柔地看著王子，然後兩人一起從塔上走下來。這時國王和王后與城堡中的所有人也都醒了。王子和睡美人舉行了盛大而熱鬧的婚禮，從此過著幸福快樂的日子。

13

韓賽爾和葛蕾特

HANSEL AND GRETEL

在大森林邊，住著貧窮的樵夫和她的妻子，他們有一雙兒女，男孩叫韓塞爾，女孩是葛蕾特。

有一陣子發生飢荒，他們沒辦法再靠砍柴維持生活，這對夫妻不知道如何是好。有天晚上，樵夫對妻子說：「連我們夫妻都沒得吃了，要怎麼養孩子呢？」

妻子回答：「我們明天早上把小孩帶到森林裡頭去好了。在那裡升個火堆，給兩個孩子一小塊麵包，我們兩個就去工作，把他們留在那裡吧。」

樵夫雖然反對，可是最後還是被妻子說服了。

韓賽爾和葛蕾特餓得睡不著，父母的談話都進了他們的耳朵。葛蕾特難過地掉眼淚，對韓塞爾說：「我們完蛋了。」

「小聲一點！葛蕾特，不要擔心。我有辦法。」

韓塞爾悄悄走到屋外，在口袋裝滿白色的小石子，然後回到屋裡。

隔天早上，全家人一道去森林砍柴。在途中，韓塞爾好幾次從口袋掏出白色小石子，灑在路上。

到了森林最裡頭，父親要兩個小孩去撿樹枝，然後升起取暖用的火堆。母親對小孩說：「你們在火堆邊休息吧，我們要去砍柴。」

韓塞爾和葛蕾特就坐下來等，等了好久，覺得越來越睏，就睡著了。等他們醒來時，已經是黑夜了。葛蕾特哭著說：「我們要怎麼走出森林呢？」

「等月亮出來，就看得到路了。」

滿月升上來時，韓塞爾牽著葛蕾特的手，在黑夜順著白石子走回父母的屋子。母親看到孩子，把他們訓了一頓，父親反倒很高興。

不久之後，這對夫妻仍然想不出辦法來維生，又想要把兩個小孩丟在森林裡。這一次父親也不得不聽從妻子的。

韓塞爾和葛蕾特又聽到了父母的談話。可是這一天房門鎖起來了，他不能出去撿石子。

隔天早上，兩個人帶著比之前更小塊的麵包，被帶到森林裡。韓塞爾邊走邊把自己的麵包撕下來灑在路上。

兩人就這樣被留在森林深處。可是月亮出來時，他們根本找不到麵包碎片，因爲麵包碎片都被森林的鳥吃光了。

兩個小孩餓著肚子走了很長的路，終於累得躺在樹下睡著了。

到了離家後的第三天早上，有一隻白色小鳥引導他們，來到一間小屋子。這個屋子是用麵包做成的，屋頂是蛋糕，窗戶是白砂糖。

「我們拿來吃吧，」韓塞爾說。「我吃屋頂，葛蕾特，妳可以吃窗戶。」

韓塞爾拆了一片屋頂就吃，葛蕾特也開始啃窗戶。這時屋內傳來細小的聲音說：「有人在吃！有人在吃！誰在吃我的小屋啊？」

孩子們回答：「是風，是風，是天國的小孩。」

他們又繼續吃。突然門開了，裡面走出一個腳步不穩的老太婆，把兩人帶到屋子裡，給他們吃美味的大餐。

可是這個老太婆是個壞心腸的女巫，她蓋這間麵包屋只是爲了引誘小孩子，把他們拐進來後，煮熟吃掉。

第二天早上，女巫抓住韓塞爾，把他關進牢籠裡，然後命令葛蕾特做一些好吃的東西，等到把韓塞爾養胖了，就要吃進肚子裡。

女巫每天早上都會去看韓塞爾，要他伸出手指。「韓塞爾，把你的手指伸出來，我要看看你有沒有變胖？」

韓塞爾每次伸出來的都是一根小骨頭，因爲女巫的眼睛不好，看不出那不是他的手指。

後來女巫等不及了，決定要把韓塞爾放進鍋子裡面煮。「葛蕾特，現在就去提一桶水。不管他是胖還是瘦，我明天就要把他煮來吃。」

「神啊！請救救我們！」葛蕾特悲傷地說。

葛蕾特一大清早就必須把鍋子裝滿水，放在爐灶上升火。

「既然火已經點了，麵糰也揉好了，就先來烤麵包吧。」女巫說著，把葛蕾特推到麵包爐前面。

「進去看看爐火怎麼樣，是不是可以把麵糰放進去了。」女巫說。葛蕾特一進去，女巫就作勢要把爐門關起來。可是葛蕾特知道這是女巫的詭計。

「我不知道要怎麼進去。」

「笨蛋！」女巫一把頭伸進麵包爐，葛蕾特就趁機把她推進去，然後關上爐門，插好門閂。女巫就這樣得到報應，在裡面被燒死了。葛蕾特跑去找韓塞爾，打開牢籠，大聲說：「韓塞爾，我們得救了。老女巫已經死了。」

女巫的屋子裡有很多珍珠和寶石，韓塞爾的口袋塞滿了那些東西，葛蕾特的圍裙也是。

兩人離開後，碰到一條河。兩人正在擔心過不去時，看到一隻白色的鴨子。葛蕾特大聲說：「鴨先生，鴨先生，這裡沒有木板也沒有橋，你白色的背借我們騎一下，好不好？」

鴨子就游過來，分兩次把他們載到河的另一邊。

兩個小孩穿過森林，遠遠看見父母的屋子，就一口氣跑過去，衝進屋子裡。自從遺棄了小孩，樵夫父親就沒有一分一秒快樂過，而孩子的母親已經離開了人世。葛蕾特和韓塞爾帶回來的珍珠和寶石掉滿整個屋子。從此以後，他們再也沒有煩惱，過著幸福的日子。

14

約林德和約林格

JORIND AND JORINGEL

從前從前，位在森林中央有一座城堡，裡面住著一個老巫婆。她是個厲害的魔法師，白天會變成貓或貓頭鷹，晚上就變回人的模樣。凡是接近這座城堡的年輕人，都會在一百步的範圍內僵住，除非魔法師允許，否則動也不能動。如果有純潔的女孩進到一百步的範圍內，就會立刻變成籠中鳥。城堡裡面已經有七千隻關在籠子裡的鳥了。

有一天，美麗的少女約林德和未婚夫約林格來到森林深處，享受兩人獨處的時光。時間過得很快，太陽已經被山遮住了一半，他們卻找不到回家的路。這時候約林德唱起歌來，約林格轉過頭去，卻只看到一隻夜鶯。

太陽下山後，貓頭鷹飛了過來，變成了老太婆，把變成夜鶯的約林德帶走。等老巫婆又回來時，約林格要求老巫婆把約林德還給他，卻得不到回應。

約林格沒有辦法，只好離開，然後他來到一個陌生的村子，暫時在那裡牧羊過生活。

有天晚上，約林格做了一個夢：他找到一朵像血一樣紅的花，花的正中央有一顆美麗的大珍珠。他把花摘下，拿到了城堡，而那些被他拿花碰到的人，身上的魔法就解除了，約林德也回到了他的身邊。

約林格醒了之後，就翻過山谷去找那朵花。好不容易，他找到了紅得像血的花，於是日夜不停地一路走向城堡。來到距離一百步的地方，他也沒有停下來，直接走到門口，用花一碰門扉，門就開了。約林格來到有許多鳥籠的地方，魔法師正在餵七千隻籠子裡的鳥。

約林格不知道哪一隻夜鶯才是約林德變成的，這時他看到魔法師悄悄提起了一個鳥籠，就立刻衝過去用花去碰籠子和魔法師。魔力馬上就消失了。約林德站在那裡，像以前那樣撲過去抱住約林格。其他的鳥兒也都恢復成原來的女孩模樣。約林格帶著約林德回家，從此過著快樂的生活。

15

萵苣姑娘

RAPUNZEL

好久好久以前，有對夫婦一直想要有個小孩，卻始終不能如願。兩人的住家後面有一塊田地，那是一個女巫的田地。

有一天，妻子站在窗邊眺望那塊田地時，視線停在萵苣上，覺得好想吃一口萵苣，因爲想吃但又覺得吃不到，身體就逐漸衰弱。丈夫很吃驚，問她：「妳怎麼了？」

「如果吃不到我們家後面田裡的萵苣，我就會死掉。」

丈夫聽到後只好翻過石牆，跳到女巫的田裡，拔起萵苣帶回去給妻子吃。妻子吃了那顆萵苣後，心情就平靜了下來。

可是第二天妻子又好想吃那美味的萵苣，渴望的程度是之前的三倍。當丈夫又翻過石牆跳下來時，發現眼前有一個女巫正在瞪他。

「你跟小偷一樣拔走我的萵苣，我絕不饒你。」

「啊！請你原諒。我的妻子看到萵苣，說她吃不到就會死。」

女巫聽了就消了氣。

「既然這樣，想要多少萵苣就拿多少吧。但是有一個條件。你太太生下的小孩一定要給我。」

丈夫實在很害怕，只好答應了女巫。等孩子一出生，女巫就現身，把小孩取名為萵苣之後就把她帶回家了。

萵苣滿十二歲時，女巫把她關在高塔裡。這座塔沒有梯子，也沒有門，上面只有一個窗戶。

女巫想上去時，就會站在塔下大聲說：「萵苣，萵苣，把妳的頭髮放下來。」

聽到女巫的聲音，萵苣就會解下髮辮，把頂端繞在窗鉤上，再將頭髮從窗戶抛下去。女巫就攀著頭髮爬到塔上。

幾年後，有個王子經過塔邊時，聽到塔上傳出柔美的歌聲。那是萵苣的聲音。

王子回城堡後，對那道歌聲一直念念不忘，因此每天都要去森林

聽。有一天，他碰巧看到女巫攀著頭髮爬到塔上。

第二天，王子趁女巫不在，也在塔下大聲說：「萵苣，萵苣，把妳的頭髮放下來。」

頭髮立刻就放了下來，王子就順勢爬上去。

看到進來的人，萵苣嚇了一跳。可是王子告訴萵苣，她的歌聲實在太迷人了，所以說什麼也要見到她。萵苣對王子一見鍾情，答應每天晚上都和他見面。

有一次萵苣對女巫說：「爲什麼妳比王子還重呢，王子每次都一下子就爬上來了。」

「啊，妳這孩子眞糟糕。我還以爲完全把妳和外界隔離了，沒想到妳騙了我。」

女巫很生氣，就把萵苣美麗的髮辮剪了，帶她來到荒野。

那天晚上，王子來到時又喊著：「萵苣，萵苣，把妳的頭髮放下來。」

可是上到上面，看到的不是萵苣，而是女巫。女巫說：「你可愛的小鳥已經不在巢裡了。她被貓帶走了，你再也見不到她了。」

王子由於太過悲傷，直接從塔上跳了下來。由於他掉在刺叢裡，兩眼都被刺傷了。王子從此在森林裡徘徊，遊走了好幾年之後，終於來到荒野。而蕾苣已在那裡生下一男一女的雙胞胎。

王子聽到他們的聲音，覺得很熟悉，所以往那邊走去。當王子靠近時，蕾苣立刻認出是王子，抱著他痛哭。兩串淚水沾濕了王子的眼睛，王子的視覺就恢復了。他把蕾苣帶回國，從此過著幸福美滿的生活。

16

倫啞休迪欽

RUMPELSTILZCHEN

　　從前從前有一個賣麵粉的人，雖然很貧窮，但是女兒長得非常美麗。有一天，這個賣麵粉的人有機會和國王說話，卻因一時虛榮而吹牛說：「我有個女兒，能夠把稻草紡成黃金。」

　　國王就對賣麵粉的人說：「如果你的女兒眞的像你說的那麼厲害，明天就帶她來城堡見我吧。」

　　這個女孩就這樣去了城堡。城堡的房間裡堆了許多稻草，他們還爲女孩準備了紡車和線軸。

　　國王說：「開始工作吧。明天早上沒有把這些稻草紡成黃金，妳就得死。」

國王說完就把門關上，留女孩單獨在裡面。可憐的女孩，坐在那裡，不知道該怎麼辦。突然門被打開了，有個小矮人走進來說：「麵粉店的小姐，妳在哭什麼呢？」

女孩回答說：「我得把這些稻草紡成黃金，可是我根本不知道該怎麼辦才好。」

小矮人就說：「如果我幫妳紡成黃金，妳會給我什麼呢？」

「我會給你我的項鍊。」女孩回答道。

小矮人拿了項鍊就坐到紡車前。紡車咯隆咯隆轉了三次，線軸就滿了。隔天早上，所有的稻草都用完了，線軸上則纏著滿滿的金線。

國王來了，看到金線非常高興，可是馬上就有了想要更多黃金的念頭。他把女孩帶到堆了更多稻草的大房間，跟她說，想要活命的話，就要在今晚把稻草都紡成黃金。女孩感到很無助，就哭了起來。

突然門開了，小矮人又現身說：「我幫妳把稻草變成黃金的話，妳要給我什麼？」

「我會給你我的戒指。」女孩回答道。

小矮人拿了戒指，開始紡稻草，到了早上，稻草再一次全紡成了金線。國王更高興了，可是又想要更多黃金，於是把女孩帶到更大的房間說：「如果今天晚上妳把這些稻草都紡成黃金，我就會娶妳。」

女孩單獨一個人時，小矮人又出現說：「這回幫妳紡稻草的話，妳要給我什麼？」

女孩已沒有東西給他了，小矮人就問她，如果妳當了王后，能不能把第一胎小孩給我，女孩不得不答應。小矮人幫她把稻草紡成了金線，國王也依約與女孩舉行了婚禮。

一年後，王后生了個小孩，她卻把小矮人忘得一乾二淨。小矮人突然出現，要她履行承諾。王妃說願意給他全國的寶物，請他不要把小孩帶走，但小矮人不肯，又不忍心看到王后哭得很傷心。

於是小矮人就說：「我等妳三天好了。如果你知道我的名字，小孩就讓妳留著。」

王后派使者到全國各地調查。第二天小矮人來了，王后說了幾個名字，像是卡斯帕爾、梅爾吉奧爾、巴爾札等等，卻都沒有猜對。第二天，說出來的名字還是不對。到了第三天，有使者前來報告以下這件事。

「我在高山上看到一間房子，前面升了一堆火，有個小矮人一邊用單腳在旁邊繞圈跳舞，一邊大聲說：『我今天烤了麵包，明天要釀酒，後天要得到王后的小孩。我的名字是倫209休迪欽，沒有人知道，哈哈哈，好高興啊！』」

王后聽到這個消息有多麼歡喜一點都不難想像。

隔天小矮人來了。

「王后，我的名字是什麼？」

王妃起初回答說：「叫做昆茲吧？」

「不對。」

「海因茲？」

「不對。」

「倫咥休迪欽？」

「一定是惡魔那小子告訴你的，一定是惡魔那小子……」

小矮人氣得一直用右腳跺地，連身體都陷下去了。然後他好像氣昏了頭，兩手抓著左腳，就把自己撕成了兩半。

17

小矮人的禮物

THE LITTLE FOLKS' PRESENTS

裁縫和金飾匠正在一起旅行。有天晚上，不知從哪裡傳來音樂聲。兩人就往聲音的方向走去。

到了一座山丘，月亮升了起來，他們看到有一些矮小的男女正在手牽手，快樂地繞圈跳舞。中間坐著一個老人，招手要他們倆進到圓圈裡面。

金飾匠面帶威嚴，背上有個瘤；而裁縫有點害羞，本來想要拒絕，但還是和金飾匠一起進到圓圈裡。老人磨一磨帶來的刀子，突然抓住金飾匠，把他的頭髮和鬍鬚都剃光。接著裁縫也受到同樣的待遇。然後老人指著旁邊的煤炭山，叫他們把煤炭放到口袋裡帶回去。兩人照著老人所說的來到煤炭山，此時僧院的鐘正好打了十二下。等

到聲響平息，一切都消失了，只剩下寂寥的月亮照在山丘上。

後來兩人找了個旅店過夜，穿著上衣要在稻草舖的床上睡覺時，覺得身上很沈重，把口袋的東西掏出來一看，煤炭都變成了黃金。剃掉的頭髮和鬍鬚也都恢復成了原狀。

兩人一下子就變成了富翁。金飾匠很貪心，口袋裡塞的煤炭是裁縫的兩倍。貪心的人會想得到更多，因此他跟裁縫說，他想要在這裡多留一晚，隔天再去找山上的老人。

到了晚上，金飾匠拿著袋子，來到山丘上。和昨晚一樣，有小矮人在唱歌跳舞。老人剃光金飾匠的髮鬚，叫他去拿煤炭。金飾匠把口袋和帶來的袋子都裝滿才回到旅舍，用上衣蓋著身體就睡著了。

醒來時，金飾匠第一件事就是檢查口袋和袋子。結果令他很吃驚，裡面都是煤炭。再把昨天的純金拿出來看，也同樣變成煤炭了。不只是這樣，他沒有鬍鬚，頭上也是光溜溜的。背上的瘤雖然沒變，胸前卻冒出了另一個。

金飾匠哭著說，這是貪心的報應。裁縫被哭聲吵醒，就安慰他說，可以用自己的財產跟他一起過生活。

裁縫說到做到，可是金飾匠從此得背負兩個瘤度過餘生，還得用帽子遮掩光禿禿的頭。

18

老祖父和孫子

THE OLD MAN AND HIS GRANDSON

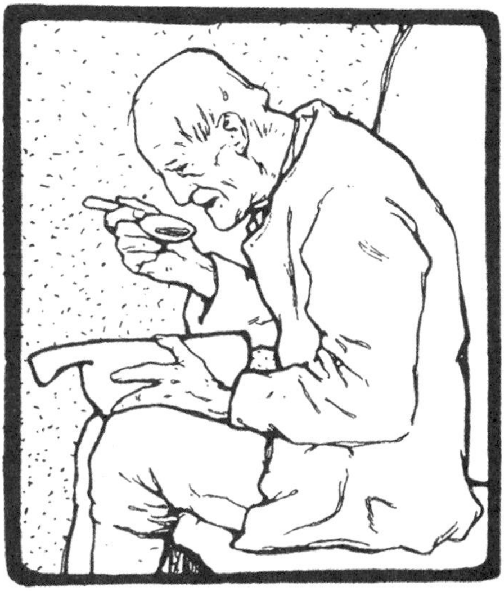

從前從前有個老人，他已經老得眼睛都看不清楚、耳朵聽不見，而且兩個膝蓋還會一直顫抖。老人在桌邊吃飯時，總是拿不穩湯匙，不是不小心把湯潑在桌布上，就是會有食物從嘴裡掉出來。

老人的兒子和媳婦很受不了他這個樣子，就要他坐在爐子後面的角落，用小盤子裝食物，給的量也不夠吃。老人非常難過，看著桌子那邊，眼裡蓄滿了淚水。

有一天，老人因爲手發抖，把盤子掉到地上摔破了。年輕的兒媳罵了他幾句，老人什麼話也沒說，只是嘆了一口氣。兒媳後來買了木頭做的盤子給老人，要他從此以後都用這個盤子吃飯。

這時他四歲的孫子在地上收集小木片。

「你在做什麼？」父親問他。

男孩子回答：「做木頭盤子。等我長大了，爸爸媽媽就要用這個吃飯。」

夫妻倆對看了一眼，不禁掉下眼淚，立刻請老父親坐到桌邊。從此以後他們都一起吃飯，老人把飯菜掉在桌上，他們也都不抱怨了。

19

幸福的漢斯

HANS IN LUCK

漢斯已經爲他的主人工作了七年，但因爲很想回家鄉照顧母親，就跟主人要了薪水準備回家。主人稱讚他爲人忠厚，工作也很努力，就給了他一塊和他的頭差不多大的黃金。

漢斯用布包著黃金，扛在肩上，開始走回家。這時有個人騎馬經過，漢斯就用黃金跟他換了那匹馬。

漢斯想要馬跑快一點，馬卻把他摔了下來。剛好有個農夫牽著母牛經過，漢斯就對那個人說：「騎馬眞不好玩，不小心還會摔斷脖子，我再也不要騎了！不如換隻母牛，還可以得到牛奶和奶酪。」

農夫就說：「如果你願意，我就跟你交換吧。」

P. HEY

漢斯很高興，覺得沒有比這更划算的買賣了。然後漢斯拉著母牛慢慢往前走。快到中午時，天氣越來越熱。他把母牛繫在樹上，想要喝點牛奶，擠奶的動作卻很笨拙，一滴也擠不出來，還被母牛踢了一腳，昏倒在地。

幸好有一個肉店老闆用手推車載著一隻豬經過。他過去喚醒漢斯，聽了前因後果，又給漢斯喝他用瓶子裝的飲料。

漢斯非常羨慕這個人有小豬，肉店老闆就拿豬跟他換母牛。漢斯便覺得沒有比這個老闆更好心的人了。

漢斯繼續往前走，遇到抱著一隻鵝的年輕人。漢斯就說，他覺得自己好幸運，每次換東西都能佔到便宜。年輕人就說，這隻豬搞不好是從村長那裡偷來的，漢斯很擔心，就拿豬跟年輕人換了鵝，便又快樂了起來。

漢斯經過最後一個村子時，一名磨刀匠推著單輪車邊走邊唱歌，讓漢斯覺得這個人的心情眞好。

磨刀匠說，磨刀這一行是把手插在口袋裡就有錢賺。他問漢斯：

「你這隻漂亮的鵝是在哪裡買的？」

「不是買的，是用豬交換的。」

「那隻豬呢？」

「用母牛換來的。」

「那隻母牛呢？」

「用馬換來的。」

「那匹馬呢？」

「給對方一塊和我的頭差不多大的黃金。」

「那黃金呢？」

「我工作七年的工錢。」

「你每次都很懂得照顧自己。如果還能學到把手插在口袋裡賺錢，就太理想了。」

磨刀匠需要的東西只有磨刀石。漢斯就把鵝交給磨刀匠，換來一塊磨刀石，附帶一個滾動的石頭。他覺得好快樂。可是他已經走了很長的路，累得走不動了，就把石頭放在泉水邊，想要喝水。卻在這個瞬間，磨刀石和石頭都掉進了水裡。

漢斯確定石頭也掉下去了，就高興得跳起來感謝神，然後大聲說：「太陽底下沒有人比我更快樂的了。」

他卸下了重擔，覺得心情很輕鬆，就飛也似的回到故鄉了。

20

無所不知的博士

DOCTOR KNOW-ALL

從前，有一個貧窮的農夫，名叫蝦子。蝦子把一車木材用兩頭牛拉著運到鎮上，以兩枚金幣的價格賣給了一個博士。這時蝦子看到博士過的生活，覺得很羨慕，就問博士說他有沒有可能成爲博士。

「當然有可能。首先你要去買ABC的書，封面上有公雞的那種。然後把你的貨車和母牛賣掉，去買衣服和成爲博士需要的東西。接著準備一面招牌，上面寫著『我是無所不知的博士』，放在你家門口。」博士這麼回答。

農夫就照做了。

他假裝是博士後不久，有個富人的錢被偷走，來找無所不知的博士告訴他那筆錢的去向。無所不知的博士就帶著妻子葛蕾德來到富人的家。屋裡已經準備了飯菜，請兩人用餐。首先有一名僕役端上盛著菜餚的大盤子。

農夫對妻子說：「葛蕾德，這是頭一個。」他指的是菜，僕役卻以爲他說的是第一個小偷。而這個僕役其實就是小偷，他從房間出來後，就去跟同夥說，那個博士果然什麼都知道。

第二個人上菜時，農夫又對妻子說：「葛蕾德，這是第二個。」

第三個僕役進到房裡時，農夫也說了同樣的話。

富人爲了試探無所不知的博士，請第四個僕役端上加了蓋的大盤子，要農夫猜一猜裡面是什麼菜，這道菜是蝦子。農夫根本猜不出來，就用一句話來形容自己：「啊，可憐的蝦子！」

富人聽到，就大聲說：「猜對了！這麼說，那你一定知道我的錢是誰偷走的囉？」

僕役們都擔心得不得了，向博士暗示請他到外面去，告訴他錢是他們四個偷的。只要

博士不告訴主人，就會分很多給他，還帶他到藏錢的地方。博士聽了就放下了心，回到房間對富人說：「現在就用我的書來調查錢的去向。」

第五名僕役聽見博士的話，就躲進壁爐裡想要偷聽。博士拿出那本封面有公雞的書，卻一直找不到想找的那一頁。

「我知道你在裡面，你非出來不可。」

那個僕役聽見，慌忙走出來說：「這個人真的什麼都知道。」

然後無所不知的博士把錢的去向告訴富人，但是沒有說是誰偷的。雙方都給了他大筆酬金，他從此變成了名人。

21

小農夫

THE LITTLE PEASANT

很久很久以前，有個村子住著綽號叫「小農夫」的人。小農夫家裡窮得連買一頭母牛的錢都沒有。有一天，小農夫請當木匠的教父給他做一隻木頭小牛，然後帶到牧場，寄放在養牛人那裡。到了傍晚，小農夫想要帶小牛離開，卻找不到它。養牛人就被拉到村長那裡，被迫讓出一頭母牛給小農夫。

小農夫一家就這樣得到了母牛。可是他沒有錢買飼料，不得不把母牛宰了。小農夫想要把母牛的皮拿去街上賣，在路上看到斷了翅膀的烏鴉，就用牛皮包起來帶走。後來眼看著天氣越來越差，只好借住在磨坊小屋裡。

牧師正好在這時來探訪，磨坊主人的妻子就端出肉和葡萄酒，在桌上擺好，正要開始吃，就聽到敲門聲。老闆娘說著：「糟糕，是我丈夫！」就迅速收起食物，把牧師藏在家裡的壁櫥裡，才去開門。

「啊，還好你回來了。暴風雨就快來了。」

磨坊主人看到小農夫躺在乾草堆上，覺得很同情，就催妻子快點拿出吃的東西，然後請小農夫和他一起吃。吃過飯，老闆看到牛皮，就問那是什麼，小農夫說，牛皮裡面有個占卜師，可以說出四件事，第五件就不說了。

磨坊主人非常想占卜看看，小農夫就按著烏鴉的頭讓牠叫，然後說出的第一件事是，枕頭裡面有酒；第二件是暖爐裡面有烤肉、第三件是床上有沙拉、第四件是床下有蛋糕。磨坊主人很想知道第五件事，就和小農夫商量，以三百枚金幣的代價請他說出第五件事。小農夫就按著烏鴉的頭要牠出聲，然後說：「壁櫥裡躲著惡魔。」

主人要妻子交鑰匙後打開了壁櫥，那個牧師趁機一溜煙就跑走了。磨坊主人說：「我看到全身都是黑色的人。你的占卜很正確。」

小農夫收了三百枚金幣，就立刻逃回家裡。

小農夫後來蓋了一棟漂亮的房子。村民問他是怎麼變成富人的，他回答，他的母牛皮賣了三百枚金幣。每個人聽了都趕快去宰了母牛，爭先恐後地拿到市場去賣，沒想到連三枚金幣都不值。村民因爲小農夫說謊，把他判了死刑，丟進有鑽孔的桶子裡，再扔到河裡。這時有一名聖職人員過來爲他做臨終前的禱告，這個人剛好是那個從磨坊逃出來的牧師。小農夫說：「我幫過你的忙，你可不可以救救我？」

這時有一個想當村長的牧羊人經過，小農夫對他說，進到桶子裡，就可以當村長。受騙的牧羊人就跳進桶子裡，讓小農夫接收他的羊。村民把桶子滾進河裡面以後就回家了，卻看到小農夫從對面趕著羊群走來。村民都嚇了一跳，問他：「你是從河裡面上來的嗎？」

「是的，在河裡一直往下走，就是一片草原，有好多羊在那裡。」小農夫回答。

村長和其他村民聽到，都爭先恐後地往河的方向跑去。剛好天空浮現小羊形狀的雲，使河面像是真的有許多羊在裡面一樣。村民紛紛跳下去，結果都在河裡溺死了。只剩下小農夫活在人世，變成了大富翁。

22

牧羊少年

THE SHEPHERD BOY

從前從前有一個牧羊少年，不論什麼問題都想得出聰明的答案，因此非常有名。

國王聽到這個消息後，就傳喚這個牧羊少年來到王宮。

「如果你能回答我接下來提出的三個問題，我就讓你和我的小孩一起住在王宮裡。」

國王的第一個問題是：「海水總共有幾滴？」

少年回答：「國王，如果您把地球所有的河流都塞住，不讓它們流進海裡，我就可以當訴你有幾滴。」

「第二個問題是，天空有幾顆星星？」

「請給我一大張白紙。」

少年用羽毛筆在紙上加了很多無法計數的點。

「星星的數量和這張紙上的點一樣多，請數數看。」

任誰也數不清。

國王又說：「第三個問題。永遠有幾秒？」

牧羊少年回答：「辛塔波梅倫有一座鑽石山，爬完它的高度需要一小時的路程，繞過它的寬度需要一小時的路程，走完它的深度也要花一小時的路程。這裡每一百年會飛來一隻鳥，用嘴巴去啄山。如果整座山都啄穿了，用掉的時間就是永遠的一秒鐘。」

國王說：「你和賢人一樣答出了三個問題。以後你可以住在這個城堡裡。我會像照顧親生孩子一樣照顧你。」

23

灰姑娘

CINDERELLA

從前從前，有個女孩的母親生了重病，臨終時母親對女孩說：「妳要保持著信仰，上天才會保佑妳。我也會在天國守護著妳的。」說完母親就離開了人世。

後來春天來了，女孩的父親也娶了新的妻子，這個新妻子還帶來兩個女兒。

繼母要女孩從早到晚都在廚房做家事，女孩的衣服因此總是弄得髒兮兮的，久而久之，她就被叫做「灰姑娘」。

有一天父親要去參加大市集，問女兒想要什麼禮物。兩名繼女說想要漂亮的衣服和珍珠、寶石，灰姑娘卻說，她想要父親回程時帽子

碰到的第一根小樹枝。後來三個女孩都得到了想要的東西。

灰姑娘把小樹枝插在母親的墳前，然後傷心地哭著。小樹枝在淚水的澆灌下逐漸長大，變成高大的榛樹。灰姑娘祈禱時，總是會有純白色的小鳥飛過來，說要實現灰姑娘的願望。

有一天，國王宣布要舉辦連續三天的宴會，全國每一個女孩都收到了邀請，因爲王子正在物色結婚對象。

繼母的兩個女兒都打算參加，就叫灰姑娘幫她們打扮。灰姑娘也很想去，哭著請求繼母。繼母卻說：「如果妳能在兩個小時之內，把整盤扁豆從灰燼裡面撿出來，我就讓妳去。」

灰姑娘在鴿子和小鳥的幫助下，眞的撿好一大盤扁豆。可是繼母又說，灰姑娘既沒有衣服，也不會跳舞，不能帶她去。灰姑娘聽了之後就哭出了聲。繼母就又說：「如果妳能在一個小時之內把兩盤扁豆從灰燼裡面撿出來，就可以和我們一起去。」

灰姑娘又在鴿子和小鳥的幫忙下撿出扁豆。可是繼母說帶她去很丟臉，還是把她留在家裡，帶著她的兩個女兒出門了。

家裡都沒有人了，灰姑娘只好去母親的墳前大聲說：「榛樹啊，請抖下金銀禮服。」

突然眞的就有金銀色的衣服、鞋子掉了下來。灰姑娘急忙穿上，趕去參加宴會。繼母和姊妹也都沒有認出她是誰。

王子來到灰姑娘面前，邀請她跳舞。宴會裡的其他人都無法引起他跳舞的興緻。

天黑了，灰姑娘說要回家，跑進一間小屋。王子追過來時，小屋卻已經沒有人了。灰姑娘從小屋跑回母親墳前，把華服放在那裡，穿上之前的髒衣服，恢復灰姑娘的模樣。

第二天的宴會又開始了。家人都走了以後，灰姑娘回到榛樹那裡，那隻鳥又丟下比上次更華麗的衣服給她。

灰姑娘一出現，王子就又過來請她跳舞。

天黑之後，王子還想跟蹤灰姑娘，卻又跟丟了。

第三天還是一樣，灰姑娘一請求墳前的榛樹，純白色的鳥就會把衣服丟下來。這件衣服燦爛輝煌，鞋子還是玻璃做的。

王子仍然只找灰姑娘跳舞，對其他人都興趣缺缺。天黑後王子又跟丟了灰姑娘。可是這回王子在階梯上塗了瀝青，黏住了灰姑娘左腳的鞋子。王子拾起來說：「我的新娘子就是穿得上這隻玻璃鞋的人。」

姊妹倆好高興，因爲她們的腳都長得很美。姊姊先穿上鞋子，可是腳尖太大，鞋子套不進去。母親就把刀子遞給長女說：「把腳尖切掉。如果妳當了王妃，就不需要走路了。」

大女兒真的切掉了腳尖，硬把腳塞進鞋子裡，然後忍著痛和王子回去。可是鳥兒用歌聲告訴王子眞相，大女兒就被送了回家。

輪到妹妹試穿。這回是腳後根太大，鞋子套不進去。母親又把刀子遞給次女說：「把腳後根切掉一點點。如果妳當了王妃，就可以不用走路了。」

女孩切了一點腳後根，硬把腳塞進鞋子裡，然後忍著痛和王子回去。可是又有鳥兒用歌聲告知眞相，妹妹也不得不回家。

王子說：「這個家沒有其他女兒了嗎？」

父親說：「沒有了，不過我還有個與死去妻子生的女兒……」

王子把那女孩叫了過來，要她試穿玻璃鞋。灰姑娘脫下腳上的重木鞋，穿上玻璃鞋，鞋子很合腳。灰姑娘一站起來，王子就說：「這個人才是我眞正的新娘！」

然後王子扶灰姑娘上馬，帶她離開。兩人經過榛樹時，有兩隻白色的鳥大聲說：「鞋子上沒有血跡。鞋子也沒有太小。這個女孩子就是眞新娘。」

兩隻小鳥說著，飛過來停在灰姑娘的肩膀上。

即將與王子成婚時，那對壞姊妹跑過來跟灰姑娘說，希望能分享她的幸福。

新娘去教堂時，姊姊陪在右邊，妹妹陪在左邊。這時小鳥飛了過來，分別啄瞎了她們一隻眼睛。而在婚禮過後陪新娘出來時，姊姊站在左邊，妹妹在右邊，兩人又被小鳥啄瞎了另一隻眼睛。兩姊妹因爲壞心眼和不誠實，而受到一輩子活在黑暗中的懲罰。

24

貓鼠關係

CAT AND MOUSE IN PARTNERSHIP

貓和老鼠是朋友。貓卻要心機的要老鼠搬來和牠一起住。

「我們得準備過冬的食物了。」貓說著，買來一小壺奶油。

可是貓和老鼠兩個都不知道要把奶油存放在哪裡。想了好久，貓才說：「就放在教堂的祭壇底下吧，非到必要的時候不可以碰。」

可是過沒多久，貓就好想吃那些奶油，於是對老鼠說：「小鼠，我阿姨生了一隻白底褐斑的小兒子，請我去爲小孩取名字，並參加那孩子的洗禮。」

「我知道了，」老鼠回答。「願上天保佑牠。你如果吃到什麼好東西，可別忘了我。我好想喝一滴那種產後喝的甜甜的紅葡萄酒。」

可是貓說的話都是假的。牠直接跑去教堂舔了奶油表面的皮，然後在城裡的屋頂上散步，伸長身體睡大覺。

到了傍晚，貓才回來。

「你回來了，」老鼠說。「這一天過得很快樂吧？」

「還好，」貓回答。

「你給那孩子取了什麼名字呢？」老鼠問道。

「舔皮。」貓滿不在乎地說。

「舔皮！」老鼠大聲說著。「這名字好奇怪，也很少見。你們家的人常取這種名字嗎？」

「你什麼意思？」貓說。「總比你教父取的『爛小偷』好吧。」

OTTO UBBELOHDE
NASCENTES MORIMUR FINISQUE AB ORIGINE PENDET

然後又過沒多久，貓又有了想去吃油的念頭，就對老鼠說：「不好意思，又有人找我去幫小孩取名字了。」

好心的老鼠答應了。於是貓就從圍牆後面溜進教堂，把壺裡的奶油吃到只剩一半。

「沒有比單獨吃的東西更美味的了。」貓說。回到家裡，老鼠問牠：「你幫那孩子取了什麼名字呢？」

「舔一半。」貓回答。

「舔一半？我這輩子從沒有聽說過這個名字。」

但是貓過沒多久又好想吃那頓奶油，想得口水都滴下來了。

「好事會連來三次，」貓對老鼠說。「又有人找我爲小孩取名字了。我可以出去一下嗎？」

「舔皮！舔一半！」老鼠回答道。「兩個名字實在太古怪了，值得好好推敲。」

喜歡偷吃的貓這回把壺裡面的奶油都吃光了。

「全部吃掉就安心了。」貓自言自語，肚子撐得飽飽的，一直到晚上才回家。老鼠立刻問牠第三個小孩的名字。

「我想這次的名字你還是不喜歡，」貓說。「他叫做『全沒了』。」

「全沒了！那到底是什麼意思？」

老鼠搖搖頭，縮緊身子，躺下來睡覺。

從此以後，就沒有人找貓幫小孩取名字了。可是冬天到了，外面什麼吃的都找不到時，老鼠想起牠們之前保存的食物。

「來吧！貓，我們去吃那壺藏起來的奶油。」

「嗯，好啊！」貓回答。

「那應該很好吃。」

貓和老鼠抵達時，奶油壺還在那裡，可是裡面早就空了。

「果然被我料中！」老鼠說。「我終於知道了，像你這種人，根本不能當朋友！你去爲小孩取名字的時候，把奶油都吃光了。一開始是舔一舔皮，接著舔了一半，再下來……」

「閉嘴！」貓大聲說。「你再說一個字，我就把你吃掉。」

「全沒了」還沒有說出口，貓就撲向老鼠，把牠吞進肚子裡。

你知道嗎？這個世界就是這個樣子。

25

動物音樂家

TOWN MUSICIANS OF BREMEN

有個人養了一頭驢子，這頭驢子工作了很長一段時間，最後老得沒辦法幹活了。驢子萬不得已，只好離開主人，心想可以去不來梅找份當樂師的工作。

牠走了一會兒，遇到一隻獵狗睡在路邊。牠也是年紀大得無法工作，在主人要解決牠的時候逃了出來。驢子對獵狗說，不如一起去不來梅當樂師，他們就一起走向不來梅。

走了沒多久，看到一隻貓。貓也是上了年紀，再也抓不到老鼠，差點被解決掉，幸好逃了出來，可是不知道要往到哪裡去，於是就和驢子跟獵犬一起前往不來梅。

三個夥伴經過一戶農家時，聽到停在門上面的公雞在大聲啼叫。牠說牠會在星期天被煮成雞湯，所以決定和牠們一起去不來梅。四個夥伴的旅途進行到一半，暫且決定在森林裡過夜。

公雞飛到樹梢瞭望四周，發現遠處有燈光。四個夥伴就往那盞燈走去。這間點著燈的房子是小偷的巢穴。

驢子走過去窺探，發現桌子上擺著許多美食。

公雞說：「那如果是我們的就好了。」

驢子也說：「對啊，好想進去屋子裡喔。」

四個夥伴就湊在一起商量。

先由驢子把前腳搭在窗戶上，獵狗爬到牠的背上，貓再騎在狗背上。最後公雞飛到貓的頭上，四個夥伴數了一、二、三，就開始奏樂。驢子嘶鳴，獵狗汪汪，貓咪喵喵，公雞也喔喔啼叫，一起從窗戶闖進去。小偷們以爲鬼魂跑進來了，嚇得逃進森林裡。

四個夥伴大吃了一頓桌上的美食，吃飽就睡著了。

過了半夜，小偷們回到關了燈的屋子裡。首領派一個手下進去。那個人進來時，把貓發紅光的眼睛當成了火種，拿火柴一擦，立刻被貓撲上來抓傷了。

那人驚慌得想要逃到外面，卻被在門口睡覺的狗咬了一口。然後

他來到庭院時，又被驢子用後腳踢了一下。最後還聽見公雞在屋樑上啼叫。

那小子狼狽地逃回首領那裡，報告說：「那屋子裡有嚇死人的女巫，我被她抓傷，然後有個人站在門口用刀子刺我的腳，庭院又有個黑色怪物把我揍了一頓。還有法官在屋頂上，叫我把一夥壞人都帶來，我好不容易才逃回這裡。」

從此以後，小偷們就不敢回到這間屋子。四個不來梅的夥伴都很喜歡這個家，從來沒有離開過……。

26

漁夫和他的妻子

THE FISHERMAN AND HIS WIFE

從前從前，有一個漁夫和妻子住在海邊暫時搭的小屋子裡。

有一天，漁夫釣到了一隻大鰈魚。這隻鰈魚竟然會說話。

「我其實不是鰈魚，而是中了魔法的王子。請把我放回海裡。」

「好吧。」漁夫說著，便把鰈魚放回海裡，然後回小屋子，他的妻子正在屋子裡等他回家。

漁夫告訴妻子，他釣到了鰈魚，但是因爲那是中了魔法的王子，他就把鰈魚放了。妻子就說：「你去跟那鰈魚說，我們想要一間小房子，牠一定會成全我們。」

「傷腦筋哪。」漁夫說著，不得不走向海邊。

到了海邊，漁夫說：「鰈魚，鰈魚，我是個渺小的人，請幫助我。我的妻子說要一間小房子。」

「你妻子的願望已經實現了，你可以回去了。」鰈魚說。

回去一看，果然有間小房子蓋在那裡，妻子就坐在門口。

不久，妻子說：「喂，我好想住豪宅呀。你去跟鰈魚說說看。」

漁夫不得不再次走向海邊。

「鰈魚，鰈魚，我的妻子說想要住豪宅。」

「回去看看，你妻子就站在豪宅門口。」鰈魚說。

回去一看，果然那裡聳立著石造豪宅，屋內的物品都是用閃亮的黃金做成的。

第二天，妻子又對漁夫說：「我能不能當這個地方的國王呢？你去跟鰈魚說說看。」

雖然漁夫很不想出門，卻不

能拒絕妻子的請求，只好又去了一次海邊。

「鰈魚，鰈魚，我的妻子又說想要當國王。」

「回去看看，她已經是國王了。」

回去一看，房子比之前還要大，妻子也變成國王了。

「既然已經是國王了，就別再想要更多東西了。」漁夫說，妻子卻不同意。「當國王眞無聊，我想當皇帝。你去找鰈魚問問看。」

漁夫一邊想一邊走到海邊。

「鰈魚，鰈魚，我的妻子說她想要當皇帝。」

「回去看看，你的妻子已經是皇帝了。」鰈魚說。

漁夫走回去一看，妻子果然已經變成皇帝了。

「皇帝這個身分眞是尊貴。」漁夫說，妻子卻不同意。「我現在想要當羅馬教宗。你再去找鰈魚問問看吧。」

「妳想要的身分還眞多啊。這種事我跟鰈魚說不出口。」

結果漁夫被妻子數落了一番，不得不走到海邊。

「鰈魚，鰈魚，我的妻子說她想要當羅馬教宗。」

「回去看看。你妻子已經是教宗了。」

回去一看，原本是城堡的地方已經蓋起一間教堂，妻子變成了教宗，坐在寶座上，戴著三重的黃金冠冕。

「妳已經是教宗了，可不要再想要當別的。」漁夫說。

可是妻子又說出了這樣的話。「你去找鰈魚，說我想要有神那樣的地位。」

漁夫走到海邊。「鰈魚，鰈魚，我的妻子說她想要有神那樣的地位。」

鰈魚回答：「回去看看，你妻子和以前一樣待在暫時搭的小屋子裡。」

直到現今，漁師和妻子還住在那暫時搭的小屋子裡。

KAY
NIELSEN
1944

27

星星銀幣

THE STAR-MONEY

從前從前……，有個女孩，她的父母都過世了，而她過著很貧窮的生活，住的房間連睡覺的床都沒有。女孩所擁有的東西只有身上穿的衣服，以及善心人士給的一塊麵包而已。

但這個女孩非常善良，很有同情心。雖然她貧窮又孤獨，卻仍然有虔誠的信仰。這一天她來到草原上漫步，遇見一個貧困的人。

「拜託妳，給我一點東西吃。我肚子餓死了。」

女孩就給他自己身上僅有的麵包，然後跟他說：「願神保佑你。」然後就走開了。

這時有小孩子走過來，難過地說：「我的頭好冷，能不能給我什麼遮蓋的東西？」

女孩就脫下帽子，給小孩戴上。

再走了一陣子，又來了一個小孩，連外套也沒穿，一直在顫抖。女孩就把自己的外套送給了那個孩子。

女孩穿過了草原，又來了一個小孩，說他需要衣服。女孩就脫下衣服給他。來到森林時，天色已經很暗了。

這時又來了一個小孩，說他需要內衣。富有同情心的女孩就想：「反正是晚上，誰也看不見。內衣脫下來也沒有關係。」就脫下內衣，給了那個孩子。

此時她已經什麼都沒有了。

女孩赤裸著身子站著，忽然天空的星星嘩啦啦地掉了下來，每一顆都是閃閃亮亮的銀幣。明明女孩已經把內衣送出去了，卻在不知不覺之中穿上了新的內衣。那是最高級的麻質內衣。

女孩撿起天上掉下來的銀幣，此後一生都花用不完。

後記

格林童話的啓示——如何閱讀童話

林素蘭

在閱讀完格林童話後，你是否得到一些啓發？

我想和讀者分享的是，究竟該如何閱讀童話，又該如何詮釋它？當然可以和閱讀其他各種文學作品一樣，用很多不同的方式來鑽研它。但是，比較值得介紹給一般讀者的是，德萊沃曼從心理分析的角度所做的詮釋，以下就以「霍勒老太太」爲例說明。

這位「霍勒老太太」（Frau Holle）究竟是誰呢？事實上，她是日耳曼人的公平之神「胡達」（Hulda）。故事的開頭是：

從前有一個寡婦，她有兩個女兒，一個又美麗又勤勞，另一個又醜又懶。可是母親卻比較疼愛又醜又懶的那個，因為那是她親生的，所以就將所有工作丟給另外一個女兒做，把她當作家裡做粗活的僕人。她天天都要坐在井邊的大馬路上紡紗，直到手指都流血……。

這個故事一開始就讓讀者聯想到一個問題：為什麼好人在這個世界上總是過得不幸福，而壞人反而過著很幸福的日子？而且，在這樣的情況之下，好人又該怎麼辦呢？反抗嗎？還是跟大家一起同流合污，讓自己過得快樂一點？還是堅持自己的善良與清白，痛苦一輩子？處在這樣不公平的世界上，難道沒有其他選擇嗎？

故事裡的女孩絕望了，於是聽從了繼母的話，為了拿回被自己弄丟的線軸，跳進井裡面。但這不意味著她選擇了逃避，因為在井底，也就是去面對痛苦最深之處，她卻醒了。「回過神來時，竟然身在一片很漂亮的牧草地上，太陽普照，還有好多好多的花」。事實上，她依然還活在這個讓她感到絕望的世界上，但是她覺醒了，用截然不同的眼光去看待一切，所以感覺就像到了天堂。

她不再陷於自己的痛苦之中，而是突然聽見外界的呼喊聲，毫不猶豫的去做自己該做的事情。像是把快烤焦的麵包趕緊拿出來，把可憐的蘋果給搖下來，那就是聽見萬物的心聲，去幫助它們。女孩了解到，不要期望這個世界會變公平、變好，而是要靠自己要去改變世界。也不要期望別人會給你任何的幫助或獎賞，只有自己認真付出，為善到底，快樂自然就會降臨在自己身上。到那個時候，內在的美就會好像「金雨」的光一般顯現在自己的臉上，這才是真正的獎賞，也是公平之神「霍勒太太」的啓示。

童話故事真的是「童」話嗎？

所謂「童話」到底是指什麼？這種文體的特色，就是突破現實層面與邏輯思想，用夢幻似的比喻和象徵的手法來呈現善惡之間的衝突。結局當然都是善的一方獲勝，邪惡的一方被懲罰。童話故事用這種方式反映人在這世上的處境以及發展的可能性，也成爲人類擺脫恐懼、壓迫和一切不平等、不自由的烏托邦。

格林兄弟的書，雖然書名叫「兒童與家庭童話集」，但是他們蒐集古老童話的主要動機，並不是爲了要讓小孩子去讀，而是要把這些民族的寶藏保存下來並留給學術界去研究。格林童話集一開始也不是暢銷書，從一八二五年的版本開始，才有比較多的讀者感到興趣。一方面，是因爲中產階級形式的小家庭正在形成，越來越多的媽媽們專注於兒童的教育並找尋適合子女的讀物；另一方面，威廉・格林也因應他們的需求，把故事中許多不符合當時道德標準的情節刪除（比如：萵苣姑娘懷孕的事）或做改編（比如：狠心的母親都改編成狠心的繼母）。他在風格上也做了一些調整，讓故事讀起來更簡約、生動與活潑。大家耳熟能響的典型童話話語「從前從前……」等，其實是威廉・格林個人的文筆風格。因此，格林童話就成了德語區內家喻戶曉的兒童叢書了。

然而，到了二次大戰後，卻刮起了一陣「反童話風」。許多教育學者都認爲，童話中所發生的事實過於暴力與殘忍，會讓兒童的幼小心靈受創，況且童話中的虛幻世界會使得他們逃避現實。接著又有女性主義者批評，童話中男女的角色太刻板，不利於兒童以及整個社會的發展，所以童話不可以給小孩子讀或聽。

如何與孩子一起閱讀童話

一直到了一九七〇年代，奧地利裔美籍的心理學家布魯諾・貝特爾海姆（Bruno Bettelheim）的暢銷書「兒童需要童話」才讓「格林童話」再度進入兒童房。他主張童話含有非常深遠的教育意義，一方面是因爲透過童話故事，小孩子可以認識及接受人性的陰暗面，更重要的是，故事中人物所代表的善與惡、美與醜、勤勞與懶惰等，其實早已全部存在兒童自己的內心世界中了。童話故事只不過是把小孩子存在內心中的強烈衝突反映出來，讓他的潛意識能夠了解或甚至克服這些問題，所以童話對小孩子的心靈發展是有幫助的。

至於現代的父母親，則可參考以上幾個論點來決定，是否要讓自己的子女認識「格林童話」。如果要的話，請特別注意童話教學上的幾個經驗和建議：童話故事原本都是父母或其他很熟識的人親身口述給孩子聽的，而現代的父母最好也因循舊規。一方面是因爲父母在敘述童話時，會給予孩子在面對童話世界時所需要的安全感；另一方面則依造孩子的年齡和心智發展程度選擇適當的故事，藉此因材施教。

當然也可以省略跳過那些對孩子目前發展不利的片段，或者是在用詞上稍做一些調整。有些小孩子從小就非常喜歡聆聽童話，而且是越刺激越好，但如果您的孩子完全排斥這類故事的話，就不宜勉強他聽。在口述時，可以多和小孩子互動，觀察他的反應並回答他所提的問題。或者小朋友也可以自己要求故事中的某一段落還要再重聽一遍或是某一段不要講等等。

聽完故事後，還可以利用畫圖、角色扮演等方式讓孩子更深入的體會這些故事。相信在這樣一個溫馨的氣氛下，小朋友可以從童話中獲取最大的益處。

成人與童話

成人為何要看童話？該如何閱讀童話？在德國有一位著名的神學家兼心理治療師叫歐根・德萊沃曼（Eugen Drewermann），在這方面的研究特別值得提出來與大家探討，因此下列就簡約介紹他對童話的幾個論點。

德萊沃曼認爲，成人的確也需要童話，其中最重要的兩個理由是：第一，在一個戰爭那麼頻繁的世界上，人類極度需要培養共同的文化資源。每個民族幾乎都有自己的童話故事，而且早已超過五萬年了，在世界各地的人都在說著人人都可以了解的童話，所以童話可說是聯繫全人類的重要環節；第二，童話用於心理治療上的成效，據說非常的顯著，但是活在充滿限制和壓力中的「正常」人，也可以從中學習。

童話不僅爲我們開啓一道道可能的自由之門，還促使我們更了解自己，讓自己更臻於成熟。童話就是自己的心靈故事，當我們仔細去體會童話中的人物、情景時，就會回憶起小時候歷經過的種種夢想、恐懼、傷痕、恨意等等。如果能夠面對並接受這些在自己內心壓抑已久的部分的話，就可以從中獲得很大的力量與勇氣來處理和面對人際關係，甚至改變現實生活。

國家圖書館出版品預行編目資料

格林童話/格林兄弟著；李毓昭譯. 臺中市：晨星出版有限公司，2024.05
面； 公分. --（愛藏本；125）

譯自：Grimms Märchen

ISBN 978-626-320-835-3（平裝）

875.596　　113005025

愛藏本125

格林童話

Grimms Märchen

作　　者｜格林兄弟
繪　　者｜亞瑟・拉克姆（Arthur Rackham）、保羅・海伊（Paul Hey）等
譯　　者｜李毓昭

責任編輯｜李迎華
封面設計｜李美瑤
美術編輯｜黃偵瑜
文字校潤｜李迎華

創 辦 人｜陳銘民
發 行 所｜晨星出版有限公司
台中市407工業區30路1號1樓
TEL：04-23595820　FAX：04-23550581
http://star.morningstar.com.tw
行政院新聞局局版台業字第2500號
法律顧問｜陳思成律師

讀者專線｜TEL：02-23672044 / 04-23595819#212
傳真專線｜FAX：02-23635741 / 04-23595493
讀者信箱｜service@morningstar.com.tw
網路書店｜http://www.morningstar.com.tw
郵政劃撥｜15060393（知己圖書股份有限公司）

初版日期｜2024 年05月15日
ISBN｜978-626-320-835-3
定價｜新台幣270元

印　　刷｜上好印刷股份有限公司